JORGE VALDÉS DÍAZ-VÉLEZ

LOS OJOS DEL CABALLO

PRE-TEXTOS, POESÍA

Diseño gráfico: PRE-TEXTOS (S.G.E.)
Primera edición: febrero de 2024

Luis Santángel, 10
46005 Valencia
www.pre-textos.com

IMPRESO EN ESPAÑA / PRINTED IN SPAIN
ISBN: 978-84-19633-75-0 DEPÓSITO LEGAL: V-34-2024

Impreso en Safekat S.L.

LOS OJOS DEL CABALLO

Para Diego y Jorge Valdés Iga

«Qué es? –me dijo.
Qué es qué? –le pregunté
Eso, el ruido ese.
Es el silencio».
RULFO

«¿Qué trama es esta
del será, del es y del fue?».
BORGES

RELOJ DE SOL

EN BLANCO

He olvidado rezar. Y sin embargo
ruego para que brote el cielo nuevo
y apague las tinieblas del insomnio.

La noche ha sido estéril. El muecín
llama al *adhán* desde su minarete,
alza el tono y, de pronto, mil gargantas
se reúnen en un mismo reclamo.

Y Rabat se arrodilla cuando el coro
disuelve entre sus voces mi plegaria
y se eleva, y me grita: *Alá es más grande.*

CALIGRAFÍA ÁRABE

La distancia del árido contorno
desdibuja mi vida en el pasado,
la que ya no tendré, ese otro lado
del único sendero sin retorno

ni caminos alternos. El desierto
elige el resplandor de su belleza
y es un hondo latido en la grandeza
de quien vaya a cruzarlo. He descubierto

en su nombre un oasis y un abismo,
a los que han de morir y al que ahora existe
en el punto fugaz de su espejismo.

Es el vago rumor a donde fueron
las últimas estrellas que me vieron
ser el que aquí plantó la noche triste.

UNA VENTANA EN AGDAL

Miro la soledad desde mi cama.
La tenue claridad reinventa el muro

y hace volver en sí el resplandor
del granito y la hiedra. El mismo ciclo

se repite otra vez, lo vivo ahora.
Donde nace la luz, también la sombra.

CANTO DEL ALBA

Un firmamento sin fracturas
izó un lucero sobre el monte.

Ondea en silencio, iluminando
el breve asombro de estar vivo,
no el cielo roto, sino el sueño,

no la palabra, sino el signo,
no la nostalgia, sino el verbo,
no la orfandad, sino su origen.

La noche acorta las distancias.
No el ruiseñor, sino el latido.

CASIDA

Las horas que le dan su forma al día,
a la semana, al mes y al año dejan
una capa finísima de polvo
encima de los seres y las cosas.
Es polvo que le dio vueltas al mundo
antes de aposentarse en los relojes
que guardan el final de nuestras vidas.
No hay forma de quitarlo. Ni siquiera
con la humedad que tuvo el alma
cuando quiso invocar en el desierto
el viaje de las pléyades. Recuerda:
el llanto no hace pozos en la arena
y el árbol nunca vuelve a su semilla.

EL VIDENTE

El ciego que nos da su bendición
a cambio de monedas no conoce
nuestros rostros. Mientras abre su puño
pide que nos proteja un dios piadoso
con su misericordia. No entendemos
sus plegarias cargadas de benévolos
deseos, aunque pida larga vida,
quizá, para nosotros. Oímos
su pago por la dádiva y el tiento
dudoso del bastón cuando se aleja
su noche que maldice nuestro día.

CORTEJO EN EL *PETIT ZOCCO*

«En soleados rincones, la memoria del polvo espera el viento helado que sopla hacia el desierto».

T. S. Eliot

Frente al Café Central, en Tánger,
pasó la procesión. El muerto
iba debajo de una sábana
sobre los hombros de los vivos.
Gritaban una letanía,
una plegaria a coro, lúgubre
mezcla de rabia, de dolor
y confusión frente al vacío.
La caravana iba ligera,
como si el muerto no pesara
más que el aire. Entre los rezos,
los pies descalzos del difunto
se salían de su mortaja
y caminaban en un soplo
de luz humilde calle abajo,
sobre la oscura transparencia
de la oración, al fin de un verbo.

SUR

La medida del hombre es el desierto.
El desierto y el hombre son lo mismo.

No hay ruta ni señales que le dicten
el pulso evanescente de las horas.

Su palabra es el viento cuando vuelve
al sur de un resplandor que se desangra.

Y es la herida que habita su memoria.
Y es enjambre de estrellas en tus labios.

Y es la viva conciencia de estar solo.

LA SOLEDAD SONORA

I

Un pájaro en el fondo de la noche
grita desde una rama, confundido
con el túnel sin tiempo del espacio.

Quiebra la inmensidad, abre las alas
y silencia su vuelo intermitente
cuando cruje sin luz la madrugada.

2

Lo escuché en Buenos Aires. Era húmedo
el viento en el balcón y se licuaba
el cielo en transparencias. En Madrid

su canto era el insomnio del espejo.
En México fue un rayo entre las grietas
del alba en un portal resuelto en llamas.

3

De qué desgarramiento se alza el día,
de cuál nudo de sombras la marea
que hiere el ámbar sucio de la espuma.

Desconozco este muro sin cristales
que ha levantado el mar. Sólo ese pájaro
grita su libertad entre dos nadas.

4

En su desolación puedo sentirlo
respirar la quietud que yo respiro,
inmóviles los dos, hasta que tiembla

mi corazón desde su pecho. Somos
la misma oscuridad que nos reúne,
la incierta claridad que nos divide.

FINIS TERRAE

«La luz: la piel del mundo».

José Emilio Pacheco

El desierto se enciende con la aurora.
Avanza o retrocede contra el tiempo
y agita en su calor la piel del mundo.
Él es el que recorre las distancias
y abrasa el corazón de los lenguajes.
Aunque tus pies te muevan, permaneces
en un polvo de piedras que se alejan
mientras él se hace uno con tu sombra.

DONDE LA LLUVIA

NOMBRAR LA VIDA

Cuando tuve conciencia de los nombres
de las cosas primarias, del espejo
del dolor y la herida omnipresentes;
cuando dije la lluvia, el pan o el río,
cuando encendí la flor y hablé del fuego,
¿de quién era la voz que me habitaba?,
¿de quién la sensación de hablar con otro
si un lenguaje de arena construía
el mundo con su azar prefigurado?,
¿de quién eran las sílabas del agua
que mojaba las calles y mis ojos?
El sentir de la vida no fue el mismo
cuando nombré el amor y hablaba el miedo.

LA ROSA

En un paño de terciopelo
negro, la rosa declinaba
los nombres de su nombre. Roja
desde el contorno iluminado
hasta su pétalo más frágil,
todo su olor llenaba el día
de suavidad. Húmeda flor
herida de belleza, flama
en los ojos que acariciaron
su desnudez, como quien roza
una gota de miel o un velo
de oscurecida transparencia.
Sobre los pliegues de la muerte,
en un lienzo negro, la rosa.

L'ORIGINE DU MONDE

He aquí la sílaba del mundo.
Tajo de inmensidad, herida
piel hecha verbo, muerte y vida,
signo carnal de qué rotundo

enigma. El tiempo, en su secreto
principio y fin, circunnavega
la oscuridad que afirma o niega
la pulsación de su alfabeto.

Letra del sí y el no, al acto
de abrir los ojos parpadea
entre la sábana y la nada

el esplendor de un sol abstracto.
Entra, lo nombra, saborea
la calidez ensortijada.

NEBLINA SOBRE EL RÍO

Como las ramas de los sauces,
ella se inclina sobre el muelle
y en las medusas del insomnio
alza los puentes y los muros,
mástiles firmes en las barcas,
ni un solo pájaro en el río.
Su gasa blanca difumina
la claridad y nos advierte
que aquí seremos olvidados
como las fotos que se borran
entre las grietas de la vida.

CAMÍ DE CAVALLS

I

Era el silencio a ras del mar
distante; el aire, casi brisa
entre los pinos y el estrecho

sendero del vértigo. Abajo,
otra frescura descubría
el resplandor de tus pestañas.

Dentro de ti zarpó la isla.
Su pulsación se fue contigo
hacia el calor que te inundaba.

II

Fondeaban barcos en la orilla
del verano junto al peñón
azul del cielo. Tú mirabas

su doble espejo en equilibrio.
¿Qué veías allá, en el fondo
translúcido? Quise quedarme

con esa imagen tuya, dentro
del corazón fuera de borda,
entre los mástiles, anclada.

III

Surgió del agua tu sonrisa
y se acostó sobre la arena.
Tu piel era una piedra más

que respiraba el mediodía.
Pasé la mano por tu nuca
y dibujé las gotas cálidas.

Bebí la luz. En las colinas
otro lenguaje deletreaba
las ceremonias del deseo.

IV

Claro turquesa en la bahía
sitiada por cantiles, voces
humedecidas a tu paso.

Un sol de intensidad impura
se despeinaba en tus cabellos.
Los zumbidos se aventuraron

en la angostura de los riscos.
La espuma enmudecía. Nadie
quiso pensar en el regreso.

HORAS ALTAS

Hace frío afuera de tus brazos, frío
corazón adentro de la noche; hiela
en la última casa de la soledad.

No te vayas. Dame el umbral de un susurro
cuando crezca el árbol de pájaros, toma
el dolor que es hambre de tu piel, y luego,

si despierto, démonos al nuevo día
con la vida en fuga de los que se arrojan,
sin pensar dos veces, con el alma en llamas.

DE QUÉ

«Tu imagen está en mis ojos
y en mi boca tu nombre».

IBN ARABI

De qué sirve la noche sin tus ojos
disueltos en la sombra, sin tu espalda
a la orilla del tacto, sin tu boca
pronunciando el azogue del espejo;
de qué sirve aguardar a que aparezcan
las bóvedas del cielo, el mar lejano
del término añoranza y el principio
del deseo; de qué sirve pensar,
soñar lo que sería si estuvieras
aquí, sobre la hondura de tus huellas
que iban tras el delirio en que volvías
a ser la vastedad que me traspasa;
de qué sirve el temblor de esta palabra
si no levanta el vuelo de tus manos,
si el aroma del río, si el murmullo.
De qué me sirve saberme sin ti.

MOGADOR

El jardín que preserva los latidos
del gorrión en el cielo de la fuente,
o la pulpa de dátiles y brevas
que me ofrecen tus dedos; la dulzura
del vino de granada; los rescoldos
del sol ajedrezado en el balcón;
un cálido racimo de las nubes;
la yedra que soporta las murallas
que impiden el avance del desierto.
Tu pubis en su triángulo cautivo.
El brillo de tu ajorca en los oídos.
Mis manos que te siguen por el sueño.

OBRA NEGRA

Un poema como una casa, con una lámpara
en una habitación sin muros ni ventanas,
sin techo que resguarde los sueños. Un poema
desde donde se pueda tocar el mar, oírlo
partir y regresar quebrando las fronteras.
Un poema que nazca del fuego compartido,
y se abra con el viento, ligero, entre sus ruinas.
Un poema sin llaves ni puerta o cerraduras
donde encender contigo
la luz desnuda y nuestra.

ELOGIO DE LA LUZ

El destello frutal de tu sonrisa
cierra un círculo de agua en la mirada.

Hay un oleaje ciego, un gusto a vino
rojo sobre la lengua de la tierra.

Tu sabor arborece, abre las ramas
hacia una intermitencia de palomas.

Y toda la quietud se alza en el vuelo
que surca el esplendor de tu agonía.

PROXIMIDADES

Si se acerca diciembre
doy por hecho al cenzontle.
Si hace frío presiento
el temblor del verano.
Si es de noche imagino
catedrales aéreas.
Animal por instinto
de obsesivas costumbres,
conozco de memoria
lo que depara el día,
la mezquina miseria,
el veneno, el hastío.
Pero si te aproximas
en la luz o en penumbra
amaneces conmigo
y contigo anochezco,
si de pronto me abrazas
por sorpresa y sonríes,
y sin decirme nada
tú me lo dices todo,
no sé nada de mí,

ni del mundo, y no hay nadie
que me sepa explicar
el porqué de otra vida.

MEMORIAL DE MENORCA

«Non si ricordano i giorni, si ricordano gli attimi».

CESARE PAVESE

La luz a contrapelo de tus hombros.
El fulgor de la arena en las mejillas.
Aquella intimidad de agua salada
que abrazó tu cintura con destellos.
Tu mirada encendida, el sol inmóvil,
frasearon las palabras que Pavese
bosquejó: *Los días no se recuerdan,*
se recuerdan los momentos. Soplaba
un hálito del sur contra la isla.
Tu cuerpo era lunar bajo mis dedos;
un bosque de relámpagos tu sexo.

DOS BILLETES DE TREN

Los vestigios parecen impasibles:
el otoño bruñido en la baranda,
un grabado que imita a algún Durero,
dos billetes de tren sólo de ida.
El tapiz aún conserva el hilo de oro
de un crepúsculo ajado. Pero el cuarto
de hotel ya no es el mismo y el espejo
de otro espejo sin ti no me conoce,
ni el patio barnizado por la lluvia
donde yo caminé para buscarte
y habré de recorrer sin encontrarte.
Han pasado los años por encima
del andén condenado a su clausura.
En aquella estación éramos otros
al sur de una ciudad que no dormía.

LAS CONDICIONES DE AUSENCIA

UNA MUJER AL SOL

Vestida por la luz, contempla el día
a un lado de la cama. Está de pie,
como quien va a emprender un largo viaje
o ha vuelto a abrir los párpados y el alma.
Su rostro de perfil, como su cuerpo,
parece interrogar a una ligera
brisa que mueve la cortina. Lleva
un cigarro apagado entre los dedos
y un tenue resplandor baña sus piernas
firmes sobre un rectángulo de oro.
Quizás escucha el vuelo de los árboles
Josephine Nivison Hopper, esposa
y modelo del pintor, a esa hora
de sus 78 años desnudos
en una habitación, enamorada
de aquel momento, tal vez consciente
del espacio que aviva su belleza.
Debajo de su piel, en esa pausa
se ilumina un temblor y arde la vida.
Silencio como aquel no ha habido nunca.

KEITH JARRET INTERPRETA *WHERE CAN I GO WITHOUT YOU*

Una nota.
Un silencio.
Otra nota.

Se filtran por la luz. Caen al suelo,
enrollan la persiana, se suceden
con una levedad que alumbra el cuarto
con aromas de sándalo y bahías.

La canción se derrama entre las cosas,
improvisa otra voz, llena los muros
la luz de un colibrí color de mayo.

Baila el fuego en la música. Y el piano
acaricia en la paz de esta mañana
imágenes de tiempos abolidos,
cada vez más lejanos, encendiendo

una nota,
un silencio,
otra nota.

ÍCARO

El que hablaba con Dios desde su cama
para inundarse de penumbra.
El que tuvo mujer, pan y trabajo,
y soledad por compañía.
El que no publicó ningún poema
porque ya estaba todo escrito.
El que fue únicamente lo que pudo
dar un jirón de su arrogancia.
El que volvía siempre derrotado
de su trabajo y de su casa.
El que al cruzar su apuesta con la vida
ganó el derecho a un pozo de aire.
El que subió hasta el sol de un solo impulso
desde el balcón al voladero.
El que no tuvo vela en el entierro
ni familiar entre los deudos.
El que plegó sus alas, el que fue
limpio a la línea de salida.

FRENTE A UN CUADRO DE MUNCH

Hacia el fondo los árboles arrastran
la única vereda. Lentamente,
los ojos hacen suyo el infinito
efímero de azules. En el parque

la humedad subdivide el aire en cuatro
parejas que acarician sus cinturas
y devoran las bocas, las pupilas
de un rojo resplandor inexistente.

El ocre oscuro y hondo de la tarde
concede plenitud a las figuras
que rompen una curva ensimismada
por el verde carnal que arriba crece.

Se mezclan los colores y los brazos,
la cabeza de una en la del otro,
el diálogo acallado que reafirma
su inmóvil dualidad cuadruplicada.

El verano se afila entre las hojas
entreabiertas como un silencio más

de sus repliegues –acaso sea un temblor
lo que le falte a esa quietud–, y etéreo

acaricia los bordes del sendero
que olvida en la enramada su extravío.
Quizá sea el atajo a un paraíso
al que sólo se accede si encontramos

–como ellas y los otros– esa fruta
que no aparece allí, porque sus manos
ocupan un lugar fuera del mundo
y el nuestro está en función de lo que pasa.

NEGRAS Y BLANCAS

Al fin de la contienda los peones,
los caballos, las torres, los alfiles,
las reinas y los reyes son devueltos
al oscuro silencio de la caja.
Mañana ocuparán sus posiciones
en el mismo tablero y con distintos
jugadores. Después de la partida
librada hasta la muerte del contrario,
las piezas volverán a donde habitan
sin táctica, estrategia o jerarquía.
Sus sombras enfrentadas con la sombra.

NOMBRES ESCRITOS EN EL AGUA

Después de tantos días de tormenta
la leve pulsación de un sol benigno
ha devuelto a los pájaros del frío
y el bosque a su lugar del horizonte.

La terraza incorpora su letargo
en esta opacidad. Desde aquí veo
su esmaltada quietud atrás del cántico
elegiaco ante la muerte de Keats,
one whose name was writ in water, escrito
por Shelley ardiendo como un astro.

Su claridad quema las hojas
del libro y el ciprés canta en su nombre.
Todo parece nuevo a contraluz
de las últimas notas del poema
pensado hace dos siglos para el viento
de un abril que despierta sin campanas.

Apenas quedan rastros del estrépito
del agua. Sólo persiste un murmullo

en esta palidez que me devuelve
la voz de aquellos muertos que relumbran,
cuando cede la lluvia, con más fuerza.

PRELUDIO PARA CASANDRA

Ella separó las rodillas
para engastar el violonchelo
entre sus piernas. Puso el arco
en posición, como si fuera
su estado natural aquella
forma de sostener el tiempo,
de alzar los pómulos, la gracia
de acariciar el encordado.
Contra el silencio deslizó
el primer acorde. A medida
que otros brotaban, se perdía
la noche mientras la mujer
del violonchelo se inclinaba
para abrazar la exhalación
de la madera en cautiverio.
Huyó la música. Las notas
que derramaba entre las manos
se hicieron lágrimas y abismo
el corazón que nadie oía.

CAMPO DE OURIQUE

«Lo que vemos no es lo que vemos,
sino lo que somos».

FERNANDO PESSOA

El último día de invierno
frente a la casa de Pessoa,
un parpadeo de vencejos
dibuja la caligrafía
de sus presencias instantáneas.
Cruzan rasantes por las líneas
donde se apoya la fachada,
rozan apenas nuestra frente
con sus alas. Atravesamos
la calle Coelho da Rocha
para observar la rajadura
primaveral de otra Lisboa.
Los ojos miran más adentro
la claridad pausada. Veo
el tornaviaje de los pájaros,
los nombres del que estuvo aquí,
el que me observa desde arriba
tras el cristal de su mañana.

COVID-19

Durante cuatro noches Emiliana
durmió junto al cadáver de su esposo.
Con la aurora le leía poemas
de amor y le escribía extensas cartas
en las que recordaba los momentos
felices, las desdichas de su unión
de sesenta veranos agridulces,
de los años difíciles y duros
en que dieron al mundo cuatro hijos.
Hablaba con el muerto y las paredes
de aquella habitación resplandecían
con la fiebre verbal de sus palabras.
Derribaron la puerta y la encontraron
abrazada a su cuerpo. Estaba tibia
y pálida como él, y las páginas
escritas con retazos del silencio
cantaban en la sábana del día.

EN ESTA REALIDAD CON MASCARILLA

Empiezan a caer nuestros amigos
que contaban la vida con los dedos.
Ahora miden el pulso de las horas
en camas de hospital y reconfirman
la inutilidad de la poesía
a la que han dedicado su existencia.
Volveremos a abrazarnos, dijimos
hace una eternidad, y repetíamos:
iremos a comer, te debo un libro.
Nos dijimos ayer, nos prometimos.

TIERRA QUEMADA

CONVERSACIÓN CON MI MADRE

Nos encontramos bien, estables
sobre los huesos del cansancio.
Tu padre sale cada día
a jugar ajedrez, y pierde
más vista y habla menos. Yo
ya hice la paz con la insulina.
Sus ochenta veranos tratan
de parecer un poco alegres.
La oigo a nueve mil kilómetros,
muy cerca y distante. Su voz
bruñe los techos esmeralda
de las mezquitas. Han llamado
a la oración. La tarde agrieta
los minaretes de Rabat.
La imagino en los escalones
rojos de la entrada, esperando
a que mi hermano y yo lleguemos
del colegio para abrazarnos.
La veo zurcir las rodillas
rotas de nuestros pantalones,
la miro hermosa al ir de fiesta

llenando el aire de perfume,
sus «vitaminas para el alma».

Hace calor, dice, Torreón
todo es un horno. Duermo poco
y me levanto con la débil
luz del alba hacia este dolor
con marcapasos. Mis amigas
se han marchitado y quedan pocas.
Son muchos años, sólo vivo
para aguardar no sé qué. Desde
un túnel de arena y de sombras
pregunta luego por mis hijos,
por su salud y sus trabajos;
después lamenta no haber visto
cómo los dos se hicieron jóvenes
y fuertes. Contiene el sollozo
al preguntarme por mi vida,
por mi visita postergada,
si estoy comiendo bien, si duermo
las ocho horas o persisto
en desvelarme con un libro.
Sube la luna y se alza el *chergüi*
reseco del Sáhara, escucho

su respirar del otro lado;
sobre mi corazón, le digo:
Estamos bien los dos, estables.
Pienso en su próxima pregunta
pendiente del hilo. Y me callo.

EL HIJO PRÓDIGO

«Y una íntima tristeza reaccionaria».
RAMÓN LÓPEZ VELARDE

Regresé a la ciudad y al cielo raso
del niño que perdí, a los siniestros
muros de la razón que alzaron diestros
ejemplos del honor ante el fracaso.

No he venido a quedarme. Estoy de paso
en la digna estación de mis ancestros.
Los trenes que una vez creímos nuestros
dejaron de avanzar. Son del ocaso

el pórtico, el andén, la desmemoria
de quien parte al volver y permanece
en pie, dentro de mí, contra la escoria

de vagones, de máquinas y vías
donde no corre más el sol ni crece
la inválida orfandad de aquellos días.

LA CASA ABANDONADA

La que llamo mi casa tiene cuatro ventanas
que dan hacia el oriente y al jardín
de una casa que visten las ortigas.
El último habitante, un extranjero,
murió hace muchos años. Nadie enciende
sus luces desde entonces y no he oído
salir o entrar a nadie por el día.
Tiene un rosal de pétalos naranjas
en los escombros del traspatio.
No lo he visto, pero sé que las flores
ahí deben estar, junto a su sombra,
como una exaltación de la belleza.

LAS PIEZAS DENTADAS

Un manojo de llaves, de repente
en un cajón, entre fotos antiguas
y un desorden de notas y papeles.
Ahí han permanecido, inadvertidas
y ajenas a las puertas que me abrieron.
No sé a qué cerraduras corresponden,
a qué casa o país daban acceso.
Aún preservan brillos de la inútil
memoria que cerraron para siempre.

EL ENEMIGO

En los hondos espejos de la noche
vive el que quise ser y no seré,
el que no llegó a ser, el adversario
del rostro avejentado, el del fracaso
y la culpa de ser tan sólo este
que confunde sus sueños con mi herida.
No lo echo de menos. Le sonrío
al filo de la mesa donde escribo
con cierta gratitud sin añoranza.
Aquí la realidad es lo que hoy fluye
en las curvas del tiempo y el poema.
Comparto con aquel este presente
de roídas palabras enemigas,
el son del corazón, ciertas ciudades
y todo cuanto fue nuestro optimismo.

LOS OJOS DEL CABALLO

Entre los tomos de la biblioteca,
junto a un caleidoscopio de prodigios,
estaba *El carretero de la muerte*.
Lo leí siendo muy chico, atraído
por la lumbre en los ojos del caballo
que ilustraba la tapa. Iba al galope
con los belfos abiertos. Contra el viento
se agitaban sus crines y el ropaje
de alguien sin rostro. La muerte corría
bajo el áspero título del libro
de Selma Lagerlöf, en un carruaje
de color verde seco que tiraba
el caballo esquelético y sin bridas
cruzando mi niñez con su relincho.
Editado por Diana, en los sesenta.

CAJAS

El sótano de la memoria guarda
baúles y maletas que conservan
mapas de una ciudad que ya no existe
y quizá no existió sino en el polvo
de calles intangibles o soñadas
por extraños fantasmas. Joseph Cornell
reunió durante años limaduras
de Nueva York en sus paseos: fotos
de inmigrantes, muñecas y grabados
de pájaros y flores. Construyó
cajas para exhibir esas imágenes
dispersas de un tiempo fragmentado
bajo insomnes farolas. Yo recuerdo
una ventana añil, una libreta
con argollas, una pelota, un niño
bajando la escalera con su hermano
una noche de pánico y relámpagos;
las sístoles del piano de mi abuelo
que pudieron arder en otras cajas
de cartón y de niebla, partituras
que alguna vez armaron otra vida
en un país remoto, en una casa

sumergida en la luz que no llegó
al sótano de sombras. Equipajes
que conservan la luz enmohecida
al sur de las bisagras y un aroma
que vuelve a pasar por el corazón
bajo el óxido fresco del pasado.

NATURAL DE

Uno es del sitio donde nace
el esplendor de la mañana,
no del lugar en que agoniza
la última estela de la noche.

Uno es la sed y siempre el hambre
de los desiertos abrasados.
Uno es el tiempo del camino,
la arena que regresa o parte

con el silbido azul del cielo.
Uno es la herida sin memoria
y uno es el rostro de las dunas
del sol, de sol a sol, tan solo.

CANCIÓN CARDENCHE

Han encendido el fuego. El horizonte
ya es una brasa estremecida
en la aridez del desaliento.
Cinco hombres forman un círculo
alrededor de la fogata. Ríen
y hablan en voz baja. La noche hunde
las puntas aceradas de una estrella
al filo de los vasos de tequila.

Rocas que en la mitología
son mi guitarra, se levantan
contra el aullido azul del día.

Uno empieza a cantar y otro le sigue.
Los demás suman la aspereza
de sus voces. Y la música crece
en las viejas canciones de un amor
jamás correspondido por la tierra.

Hay que seguir sin equipaje
hasta ellas. Son el destino
y la razón de nuestro viaje.

Prenden los silencios, crepitan
cinco gargantas en el valle.
Temprano seguirán su recorrido
por las dunas del norte. Mientras tanto
tejen una canción detrás de otra
a esta hora de nadie. Todos juntos
cantan para ocultar los signos del cansancio
y rasgar la esperanza más estéril.

Se hace más fuerte la razón
al caminar entre nopales
con espejismos, luna o sol.

¡Ay de mi vida y de mi muerte!
¡Ay de la casa de mi madre!
No tengo perro que me ladre,
Dios me dejó a mi mala suerte.

Mi corazón escucha arder el frío
de la noche fraterna y sucesiva.

MISIÓN ESPACIAL

Cuando era muy niño, el año 2000
habitaba en las nieblas del futuro.
La cifra era imprecisa cuando entonces
Armstrong y Aldrin paseaban por el Mar
de la Tranquilidad. Era muy pálido
y la Tierra era azul y el cielo un pozo,
otro mundo la calle de los juegos
y otro México un himno a la alegría.
Era ciencia ficción, como en los cuentos,
pensar en un mañana inevitable
y en la grave adultez que me aguardaba
con la piedra de Sísifo y el río
de Heráclito, y la vida que reparte
sus ciclos de orfandad y descendencia.
Aquel siglo murió hace muchos años
y este tiene distintas geografías.
Cada vez más brillante, aquel satélite
es en la oscuridad un ojo ciego.

EL ÁRBOL DE LA VIDA DE IGNACIO DE RIES

Hallé estas cuatro líneas en el cuadro
El árbol de la vida. Está en la hermosa
catedral de Segovia. Nos advierten:

Mira que te has de morir,
mira que no sabes cuándo.
Mira que te mira Dios,
mira que te está mirando.

Retengo en la memoria aquellos versos
sencillos y redondos de una copla,
tal vez de una sentencia. Por las noches
me cobijan la duda y la certeza.

EXPRESO DE MEDIANOCHE

Dentro del sueño pasa un tren,
y en sus ventanas campos, ríos,
álamos, puentes y caballos
se alejan para siempre. Un niño
observa el viaje de las cosas
hacia el pasado en que se fugan
los colores. Mira también
sus ojos en el vidrio, el vaho
de su respiración. Vislumbra
sombras, reflejos de su padre
con un libro en las manos. Duerme,
y en el cristal también se borran
sus leves párpados cerrados.
Veo a mi hijo en ese niño
que me contempla desde el vidrio,
miro a mi padre al ras del sueño
contra el temblor de la ventana.
Él no me ve. No puede oírme.
He nacido una vez, y muchas
otras he muerto en ese tren
que se detiene solo al alba.

SIGNATAM AD PROTITOR

Recordar, hacer memoria, luchar
contra el olvido, no perder los rasgos
de aquel rostro, conservar un instante
que nos hizo felices, una efigie
que adquiera nitidez en la penumbra
de un pétalo. Recordar al que fuimos.
Guardar para nosotros el poema,
su hueso y su cadencia, el soliloquio
de los seres ausentes que aún perviven
o un ángulo del cielo y su impureza.
Señas de identidad atesoradas,
minúsculas monedas del avaro
para dar al barquero de la Estigia.

DEDICATORIAS

En blanco, para Hugo Gutiérrez Vega, E. M.

Horas altas, para Amalia Bautista.

Keith Jarret interpreta Where Can I Go Without You, para Antonio Russek.

Nombres escritos en el agua, para Kristen Olson.

Campo de Ourique, para Marco Antonio Campos.

Conversación con mi madre, para Carolina Díaz-Vélez, E. M.

El hijo pródigo, para Claudia Berrueto.

Las piezas dentadas, para Martha González Ríos.

Misión espacial, para Andrés del Bosque.

Cajas, para Magdalena Carral.

Canción cardenche, para Irma Echeverría.

El árbol de la vida *de Ignacio de Ries*, para Sharon Olds.

ÍNDICE

RELOJ DE SOL

DONDE LA LLUVIA

LAS CONDICIONES DE AUSENCIA

TIERRA QUEMADA

Esta primera edición de

LOS OJOS DEL CABALLO

de Jorge Valdés Díaz-Vélez

se terminó de imprimir

el día 1 de febrero de 2024